MÉLODIE #PI

RESTER VIVANT

MÉLODIE #PI

CHRISTINE DEROIN

le muscadier
Il n'y a pas d'âge pour s'engager

DANS LA MÊME COLLECTION

- *Bobine et pop-corn* (PATRICIA VIGIER)
- *Coupable ?* (YVES-MARIE CLÉMENT)
- *Iels marchent, iels s'aiment* (COLLECTIF)
- *Je suis venu te chercher* (HERVÉ MESTRON)
- *Juliette et Roméo* (YVES-MARIE CLÉMENT)
- *Le fils du héros* (CHRISTINE DEROIN)
- *Le Grand Test* (JOSEPHA CALCERANO)
- *Le jaguar qui miaule* (CHRISTINE DEROIN)
- *Les électrons libres* (ROLAND FUENTÈS)
- *Les poupées savantes* (ARTHUR TÉNOR)
- *L'ivresse des profondeurs* (GHISLAINE ROMAN)
- *On s'amusait* (GILLES ABIER)
- *Over Game* (MATT7IEU RADENAC • FANNY VANDERMEERSCH)
- *Père à terre* (ÉRIK POULET-RENEY)
- *Plus rien à perdre* (JEAN-LUC LUCIANI)
- *Virgin Mojito* (LOUISON NIELMAN)

BP 60076 – 16103 Cognac cedex
www.muscadier.fr
info@muscadier.fr

Illustration de couverture : © Delphine Husser
Mise en page : La Femme assise

La collection RESTER VIVANT est publiée sous la direction littéraire de Christophe Léon.

ISBN : 978-2-38302-067-7
ISSN : 2493-6170
1re édition – 1er tirage

1

Ma sœur s'appelle Forêt, elle a 13 ans, moi je m'appelle Océane et j'ai 17 ans. Ces deux prénoms sont juste un peu ridicules, mais nos parents sont très inquiets pour l'environnement. C'est leur participation au monde.

Nous sommes deux pianistes plus que douées, sauf que moi, je préfère sortir avec mes amis, le cinéma et la street dance, donc je travaille mon piano ce qu'il faut, mais surtout pas plus. Ma sœur, elle est accro, genre obsessionnelle et bête à concours. Une *enfant prodige,* disent ses profs de musique avec les yeux qui leur sortent de la tête. Ça m'arrange, ils sont tellement occupés par elle qu'ils oublient parfois que je n'ai pas travaillé mes gammes.

« Ce n'est pas grave, Océane, tu feras mieux la prochaine fois… Alors, Forêt, ces *Davidsbündlertänze*, où en es-tu ? »

Et voilà, le tour est joué, je peux retourner avec mes complices de *battle*. Parfois, je reste pendant le cours de ma sœur et je l'écoute jouer. Il faut dire que c'est bluffant, et ce, dès la première note. Même avant, à vrai dire. Quand elle s'assoit au piano, elle est déjà dans un autre monde. On dirait un félin qui guette une gazelle. Elle glisse, ondule jusqu'au siège et se pose si délicatement qu'on entendrait le frémissement des cordes dans l'instrument à l'affût. Comme si elles l'espéraient avec plaisir et crainte à la fois. Elles sont en attente du cataclysme qu'elles vont vivre l'espace d'un court moment, le temps des quelque quatre-vingt-dix portées musicales de la première danse des *Davidsbündlertänze* interprétée par ma sœur.

Quand elle pose ses mains sur le clavier et qu'elles bondissent sur les touches, tout le monde retient son souffle, et le piano vibre jusqu'à la dernière note comme le dernier soupir de la gazelle entre les pattes d'un guépard. Vous savez, le guépard, le plus rapide et le plus habile des félins. Voilà, ma sœur est le guépard et le piano sa proie. Si elle jouait depuis vingt ans, tout serait normal, le public connaîtrait son excellence, mais elle joue depuis sept ans et, du coup, sort de toutes les catégories dites *normales*, pour entrer dans celle dite *magique* de l'enfant prodige, autrement appelé avec moins de poésie « haut potentiel ». Et elle le sait.

Comment le vit-elle ? Pas toujours très bien. Non vraiment, pas toujours très bien. Et moi ? Moi, j'observe, je discute, je tempère, je la protège. Oui, c'est ça, ma sœur, je la protège. Ça ne me prend pas toutes mes journées car, par moments, elle n'a pas besoin d'être protégée. Ces longues heures où elle travaille son piano, joue ou lit toutes les biographies qu'elle déniche sur son compositeur préféré, Robert Schumann, et sur son idole, Clara Wieck.

Clara Wieck, j'explique vite fait : fille de son père Friedrich Wieck. Jusque-là c'est facile. Père professeur de piano, connu et reconnu. Elle, Clara, enfant prodige, premiers concerts à 16 ans. Son père en fait une *bête de concert* et a tout pouvoir sur elle. Manque de chance pour lui, elle rencontre Robert Schumann, qui a dix ans de plus qu'elle et elle en tombe amoureuse. Le père refuse le mariage et les sépare, mais ils finissent par obtenir le droit de s'unir. Elle part avec son amoureux et joue ses œuvres. Ils font huit enfants et elle nourrit tout ce petit monde grâce à ses concerts. Voilà Clara Wieck.

Et pour ma sœur, c'est l'idéal, l'idole… Que cette femme ait vécu quarante-trois journées en une – répétition de piano, concert, enfants, repas, soutien à son mari compositeur, et un peu malade dans sa tête quand même –, qu'elle ait eu sur les épaules la gestion totale de sa carrière et de la famille… tout cela ne gêne pas Forêt ! Clara Wieck est son modèle. Elle est même persuadée qu'elle en est la réincarnation. Le seul souci dans toute cette histoire est qu'elle a beau chercher autour d'elle, elle ne trouve aucun Robert Schumann. Les garçons de sa classe sont passionnés de foot, de jeux vidéo et de hip-hop, et Forêt ne comprend rien à ces trois activités. Forêt est ailleurs, décalée par rapport à son époque. Forêt est dans le rêve, transportée par les notes de son clavier... Ailleurs et souvent inaccessible.

2

Le rêve, c'est bien, mais ça isole. Ma sœur n'a pas d'amis. Elle n'a pas l'air d'en souffrir. Elle va en cours et passe quatre heures par jour sur son piano. On pourrait penser qu'elle n'a pas le temps d'avoir une amie ou juste des relations amicales. En fait, je ne sais pas si elle ne souffre pas. Certains soirs, je l'entends pleurer dans son lit. Quelques sanglots qu'elle étouffe dans un mouchoir, mais je l'entends. Je n'ose pas aller dans sa chambre pour lui demander ce qui ne va pas. Je n'ose pas en parler aux parents. J'ai l'impression que rien n'y fera rien. Sa vie est toute tracée et encore plus déterminée depuis que notre professeure de piano l'a inscrite à un concours réservé aux pianistes de moins de 15 ans. Ma sœur y tient, à ce concours, alors elle travaille encore plus que d'habitude et s'isole davantage. Je n'entends plus ses larmes depuis quelques jours. Peut-être que la participation à ce concours la stimule et qu'elle est plus calme.

De toute façon, Forêt est très sensible. Il n'est pas possible d'en douter. Elle pleure devant tous les films qui parlent d'amour, même s'ils se terminent bien. Elle pleure devant les documentaires sur les animaux et, si apparaît à l'image un éléphanteau, une boîte de mouchoirs en papier ne lui suffit pas. C'est comme ça depuis si longtemps. Avec son haut potentiel et ses notes de musique, ma sœur vit dans un trop plein d'émotion. Tout le monde y est habitué dans la famille, personne ne s'en inquiète plus. C'est peut-être ça l'erreur.

Tout a commencé quand Forêt avait 7 ans. Chez des amis de nos parents, il y avait un piano. Un soir, on a dîné chez eux et, à la demande générale, le fils de ces amis s'est mis à jouer un morceau. C'était *La lettre à Élise* de Beethoven. Tout le monde a applaudi. Forêt s'est levée de son siège, s'est dirigée vers le piano et, avec un doigt, a joué le thème le plus connu du morceau. Pas les neuf premières notes, non, le thème entier, une vingtaine de notes. Tous les adultes se sont tus. Je ne sais pas s'ils étaient ébahis ou stupéfaits, c'est-à-dire ravis ou effrayés. Peut-être les deux.

Le lendemain, mes parents ont pris rendez-vous au conservatoire de musique de la ville. Deux jours après, nous étions toutes les deux inscrites en classe de piano. Pourquoi moi ? Parce que je n'ai pas dit « non » et qu'un déplacement pour une même activité, pour des parents qui ont deux enfants, c'est très pratique. Voilà le début du début de l'histoire. Pour moi, ce fut un parcours normal. Je travaillais comme une bonne élève. Pas plus, pas moins. Je suis une bonne élève depuis ma première classe d'école primaire. Je fais mes devoirs. J'ai de bonnes notes. Là encore, ni plus ni moins.

Forêt, ce n'est pas du tout pareil. Elle n'est pas une bonne élève. Ses notes sont très moyennes quand elles ne sont pas catastrophiques. Elle est lente. Elle vérifie tout, cherche sur Google mille et une explications et, normal, perd un temps fou. Ce qu'elle craint le plus, c'est le devoir sur table ou l'interrogation surprise. Elle est en panique devant sa feuille blanche ou devant les questions posées. Un soir, elle m'a raconté que son professeur de sciences avait organisé un exercice sur la marche des différents mammifères. Il fallait décrire le mouvement des quatre pattes des animaux et faire quatre dessins, un pour chaque patte. Forêt en a pleuré de désespoir, l'exercice était au-dessus de ses forces. Soudain, elle a entrevu une solution. Elle s'est mise à quatre pattes dans l'allée entre les deux rangées de tables de la classe et a avancé vite sans réfléchir, puis de plus en plus doucement en essayant de bien décomposer son mouvement. Quand elle s'est relevée, elle a entendu un rire général. C'était la classe entière qui se moquait de sa technique. Elle a fondu en larmes et a été incapable de faire les dessins. Pourtant, sa technique était la bonne, elle avait bien compris comment les mammifères marchaient. Elle aurait pu avoir une bonne note mais, dans le monde du collège où toute différence est montrée du doigt, sa façon de faire faisait « tache ». Son professeur n'est pas intervenu. Il est resté neutre et il a soupiré en ramassant en fin de cours la copie blanche de ma sœur.

Voilà, c'est un exemple, mais il y en a plein d'autres. Alors, je comprends les parents de s'être précipités pour l'inscrire dans un cours de piano quand ils ont vu que, face à un clavier, elle était plus que douée. Elle a appris à lire les notes de musique à toute allure, la clé de sol et celle de fa, nécessaires au piano, mais aussi la deuxième clé de fa et les quatre clés d'ut. Bon d'accord, ce n'est qu'une gymnastique de lecture : une tierce en dessous, une note au-dessus, etc., mais qui les apprend toutes, ces clés, franchement ?

La théorie de la musique fut pour elle aussi captivante qu'une série policière, et le rythme a été réduit à un petit battement de l'index quand elle déchiffrait une partition. Plusieurs fois, je l'ai surprise à réciter toutes les notes d'une partition entière, à toute allure et sans se tromper. Là, personne ne se moquait d'elle. Elle était une reine, un phénomène. Elle déclenchait des exclamations d'admiration et elle ne s'en apercevait même pas. C'est, je crois, le problème principal : elle était plus consciente des rires de son entourage que de sa fascination. Son don pour le piano ne la perturbait pas. Si je lui demandais d'où venaient, d'après elle, ces qualités, elle me parlait d'un lien avec l'instrument venu d'avant sa naissance, un geste de l'au-delà de la part de Clara Wieck. Elle lui avait offert en présent ce qui lui était le plus précieux : le clavier, et l'émotion qu'elle pouvait en dégager. Un cadeau dont Forêt profitait et qu'elle devait respecter et restituer avec passion et reconnaissance. Voilà, Forêt me répondait ça et je n'avais rien à répliquer. D'ailleurs, je ne vois pas ce que j'aurais pu dire.

La dernière semaine avant le fameux concours des pianistes de moins de 15 ans a été très agitée. Forêt passait plus de six heures par jour sur son clavier. Sa professeure et elle avaient décidé de présenter les *Kreisleriana* de Schumann. Il y avait dans l'œuvre des moments d'une rare virtuosité, mais aussi des moments de grande émotion. Il fallait passer d'une énergie débridée à une retenue mélodique et contrôlée. Entrer dans le clavier et le frôler. Un vrai défi. Le genre de morceau qui demande beaucoup de virtuosité, mais aussi une grande maturité musicale.

C'est à cet endroit que la professeure de Forêt pensait que ma sœur était exceptionnelle : dans sa maturité musicale. Mais elle était bien la seule à trouver que Forêt était mature. Beaucoup de ses professeurs notaient sur son carnet scolaire : *manque de maturité, manque d organisation, désintérêt total pour le cours...* et j'en oublie. Moi, je me disais que c'était normal qu'elle soit mature, avec pour modèle Clara Wieck qui, si elle avait été vivante, aurait eu 205 ans… Quand je faisais ce genre d'humour devant Forêt, elle me regardait avec une bienveillance navrée.

Enfin… la dernière semaine avant le concours, elle ne me montrait aucune bienveillance. C'était plutôt une boule d'agressivité et de stress. Même le piano en prenait pour son grade. Elle y alignait des gammes rageuses, des arpèges destructeurs et, parfois, le noyait sous les larmes. Un vrai festival d'émotions. Les moments se succédaient, et personne ne pouvait prévoir de quoi serait fait le moment suivant.

Deux soirs avant le jour fatidique, un grand bruit a retenti dans la chambre de ma sœur, comme un coup de tonnerre avec une résonance qui a semblé durer de longues minutes. Après, le silence s'est installé, mais pas un silence normal. C'était comme un grand vide. C'était très inquiétant. Les parents se sont regardés avant de se précipiter dans la chambre de Forêt. Je les ai suivis, et j'avoue que je n'en menais pas large. Ils ont ouvert la porte de la chambre.

La première chose que nous avons vue, ce fut le piano. Normal, un piano à queue, ça se voit. Depuis deux ans, toute la famille, oncles, tantes, cousins et même amis s'étaient cotisés pour permettre à Forêt de travailler sur un piano à queue, ce qui était indispensable à son niveau. Un piano à queue, c'est très grand, mais c'est aussi très cher. La banque s'était montrée souple sur l'emprunt tout en négociant le droit d'indiquer qu'elle était la mécène de Forêt. Nous avons donc vu le piano en premier et il était en bon état. Après, nous avons vu le reste de la chambre. Rien à signaler.

À cause de l'instrument, mon père avait installé un lit en mezzanine pour ma sœur. Ça avait permis de gagner un peu de place ; un tiers du piano était sous la mezzanine. C'est en montant les premières marches qui menaient au lit que ma mère a compris ce qui s'était passé. Le grand bruit, ce n'était que le couvercle du piano qui était retombé brutalement sur les touches, mais le silence, c'était ça qui était le plus inquiétant.

De nombreux couvercles de clavier se sont retrouvés fermés avec la violence et la rage d'un pianiste agacé. Combien de partitions se sont retrouvées découpées en tout petits morceaux d'environ deux centimètres carrés, et combien de robes de concert se sont retrouvées couvertes de colle et de traînées de feutres ? Forêt, silencieuse et déterminée, finissait de découper la partition, assise sur son lit à côté de sa robe réduite à un tas de chiffons collés les uns aux autres et balafrés de couleurs vives. Voilà, Forêt s'était exprimée avec ses doigts, mais pas là où on l'attendait. Face à ça, les parents et moi, nous étions sidérés. Des fois, ça fait peur, le silence.

3

Quand le silence fait peur, il faut le remplir de bruits. Moi, j'ai poussé un cri. Mon père s'est fâché. Ma mère nous a virés tous les deux de la chambre et en a refermé la porte. Nous sommes repartis vers la cuisine et, assis à la table, nous avons attendu le retour de ma mère. Elle a mis du temps. Elle avait l'air très fatiguée et serrait les lèvres. Elle s'est servi un verre d'eau et a bu doucement.

— C'est pas gagné.

C'est la seule phrase qu'elle a dite, mais c'était clair, comme résumé de la situation. Mon père et moi, on a tout de suite compris : Forêt ne voulait pas aller au concours. Elle n'avait plus de partition et plus de robe.

— Comment va-t-elle ? a demandé mon père.

— Elle s'est calmée. Elle est épuisée. Elle devrait dormir assez vite.

Le repas du soir a été assez sinistre mais personne n'avait envie de le rendre plus joyeux. Un plat de pâtes a été avalé en trois minutes. La table a été débarrassée et chacun est parti vers ses activités. Je n'avais jamais été aussi contente de retrouver ma chambre et mes devoirs à faire. En fait, dans cette maison, personne n'était habitué au silence puisque ma sœur travaillait son piano chaque soir et ne s'arrêtait que pour dîner. C'était bizarre. C'était même très bizarre.

Vers 10 heures du soir, je me suis dirigée doucement vers sa chambre. J'en ai ouvert la porte et je me suis glissée à l'intérieur. Forêt dormait. Son souffle n'était pas léger. Il était presque rythmé comme si elle déchiffrait une partition en dormant. J'ai reconnu un morceau à quatre temps. Quelque chose de rythmé et saccadé : des doubles-croches, suivies de blanches, et de croches pointées suivies de doubles-croches. Là encore, ce qui était inquiétant, c'était les silences quand ma sœur arrêtait de respirer. Heureusement, il n'y avait que des soupirs, pas de pauses. Qu'est-ce qu'il se passait dans les rêves de Forêt ? De toute façon, la question de ce qui se passait dans sa tête et son cœur était pour moi une énigme sans réponse. J'aurais eu envie de poser ma main sur sa poitrine, sans appuyer, pour guider son souffle et le rendre régulier comme une suite de rondes apaisées. Je n'ai pas osé. Je suis repartie dans ma chambre. Triste et inquiète comme jamais je ne l'avais été en pensant à Forêt.

CHAPITRE 3

Le lendemain, tout semblait être rentré dans l'ordre. Forêt avait commencé ses gammes à 8 heures, joué une fois son morceau de concert et était partie pour le collège. Seule ma mère s'affairait avec angoisse pour dénicher sur Internet une nouvelle robe qui serait livrée avant le concert, c'est-à-dire dans les deux jours. Pas question de traîner Forêt dans les boutiques, elle ne devait pas perdre une minute de travail. Mais le soir… le soir… tout recommença. D'abord le bruit sourd du couvercle du clavier que Forêt claqua plusieurs fois. Puis des notes hurlées en tapant du pied. Puis des gammes insensées jouées à toute allure jusqu'au cafouillage complet. Et, enfin, le silence. Ma mère stoppa net ce qu'elle faisait dès les trois premières secondes de silence, et se tourna vers moi.

« Ne nous inquiétons pas, la robe n'arrive que demain, et j'ai rangé ses vêtements les plus chers dans mon armoire. »

J'étais ébahie. Elle avait tout prévu comme si elle savait que Forêt repiquerait une crise. Je le lui ai dit et ma remarque n'a pas semblé l'étonner.

« En fait, je comprends ce qu'elle vit. Je crois que j'ai vécu à peu près la même chose. À son âge, j'étais très douée en mathématiques, vraiment largement au-dessus du niveau de ma classe, mais j'étais aussi très seule. Ma solitude, personne ne s'en préoccupait ; en revanche, mes exploits mathématiques, tous les adultes en parlaient, et en parlaient... Un jour, un professeur a jugé bon de me faire passer un concours, mais pas un concours pour quelqu'un de mon âge, non, un concours pour adultes ou étudiants en mathématiques. Je l'ai passé et j'ai eu la deuxième place. Une médaille d'argent que j'ai aussitôt jetée à la poubelle. Voilà, quand ta sœur a découpé sa partition, ce souvenir m'est revenu en pleine figure. C'est bizarre. C'est comme si j'avais oublié mon adolescence de *haut potentiel*, comme on dirait maintenant, et de *petit génie*, comme on disait à mon époque. Comme si j'avais oublié tout le mal-être que j'avais vécu. Les heures dans ma chambre à regarder le plafond, mes larmes et mes colères devant tous ces problèmes de maths que je résolvais à toute allure. Aucune fierté, juste une impression de ne pas être comme les autres. Il va falloir que je pense bien à tout ça, Océane, pour aider Forêt. Va falloir arrêter la machine infernale. La stopper net. »

J'avais bien écouté ma mère et je suis restée longtemps sur le canapé où nous nous étions assises toutes les deux. Jamais elle ne m'avait parlé comme ça, et je crois que jamais elle ne m'avait parlé de son adolescence. Comment avait-elle pu oublier qu'elle avait vécu la même chose que ma sœur ? C'était étrange que ça lui revienne à l'esprit, là, maintenant, en pleine crise.

Je me demandais surtout ce qu'elle avait fait de ses capacités. Elle travaillait dans un laboratoire d'analyse comme biologiste. Ce n'était pas nul comme travail, mais ce n'était pas le destin d'un génie mathématique. Que s'était-il passé entre ce concours de mathématiques et maintenant ? Elle ne pouvait pas en rester là, il allait falloir qu'elle m'en dise plus. Mais au moment où j'allais l'interroger, elle s'était levée et dirigée vers la chambre de Forêt. J'hésitais à la suivre. En fait, je me disais qu'elles me fatiguaient un peu, mère et sœur. Je n'étais pas géniale, moi, j'avais juste besoin de calme. Je restais sur le canapé, espérant des jours meilleurs, genre après-midis piscine ou cinéma avec mes amies, folies hip-hop au 104 rue d'Aubervilliers le week-end, et soirées devant des séries. Tout ce que j'aimais. Un vrai rêve. Pour ce qui est de la réalité, j'allais être gâtée. Vraiment gâtée…

4

Pour ma sœur, ce concours fut comme le bout du chemin. Pourtant, il a fallu du temps avant qu'elle change de direction. Oui, c'est ça, un chemin en impasse, mais avec de petites percées dans les broussailles sur les côtés. De petites trouées dans lesquelles il était possible de se faufiler. Il fallait simplement savoir laquelle choisir. Une fois le premier pied posé entre les broussailles, il n'y avait plus qu'à avancer… mais ce n'était pas facile : les broussailles, ça pique.

Ma sœur a passé le concours et l'a magistralement raté. Elle s'est pris le mur du bout de l'impasse. Elle a joué son œuvre de Schumann sans y croire, et elle a été classée quatrième – elle qui avait l'habitude d'être toujours la meilleure. À son petit sourire tranquille en rentrant à la maison, j'ai pensé qu'elle était la meilleure dans le ratage. Ma mère en était persuadée. Elle n'avait jamais aussi mal joué, et elle était quatrième sur cinquante-deux. Les suivantes devaient être pitoyables ou bien ma sœur ne pouvait pas, même en faisant plein d'efforts, être réellement mauvaise.

Avant le concours, Forêt était une petite fille modèle, quatre à six heures de piano par jour, un air toujours un peu triste. Un calme permanent. Un désintérêt total pour ceux qui l'entouraient et pour le collège. Voilà un court portrait qui lui correspondait bien. Maintenant, si Forêt abandonne le piano, il ne restera plus qu'une mauvaise élève qui ne cache pas qu'elle s'ennuie au collège et qui reçoit mauvaise note sur mauvaise note avec une indifférence blasée.

En plus, il est clair que ma sœur n'a aucune imagination. C'est une bonne interprète. Elle a une sensibilité qui lui permet de tout reproduire, comprendre et transmettre, mais il lui faut une base, sinon elle est perdue. Par exemple, elle ne sait pas improviser au piano. Le contraire de moi. Les partitions m'ennuient, mais si on me propose de me lancer dans des improvisations au clavier, je peux m'amuser pendant des heures.

Pour raconter cette histoire, il faut que je parle aussi de ma petite personne. Le contraire de ma sœur… en fait, pas tout à fait le contraire, mais pas vraiment la même. Je suis meilleure qu'elle en improvisation au piano, et tout est là. Parfois, je me dis que je suis dans la vie le souffle, là où elle est dans la retenue, le contrôle, le refus du dépassement. Pour Forêt, rien ne doit dépasser. Son emploi du temps est réglé comme du papier à musique. Le mien change d'heure en heure. Ce que j'aime, c'est que chaque journée me surprenne.

Bien sûr, j'ai mes amis, ceux que je vois tous les jours, mais notre groupe n'est pas toujours le même. Pour être plus précise, je vais les mardis, mercredis, vendredis et samedis au 104 rue d'Aubervilliers à Paris. Là-bas, je retrouve trois-quatre personnes, deux garçons et une ou deux filles. Nous sommes le noyau d'un ensemble de notre âge et nous pratiquons la même activité : le hip-hop. C'est terrible ce que j'aime ça. Depuis trois mois, nous travaillons, cachés dans un couloir sombre du 104. Nous essayons de nous isoler pour faire nos recherches et nos improvisations, préparer nos participations aux *battles* qui sont organisées ou juste lancées comme ça par un autre groupe. Je m'éclate. Je vole. Je saute. La musique me porte sans que je n'aie à réfléchir, elle façonne mes pas, me souffle des chorégraphies. Bon, je ne suis pas excellente, plutôt débutante.

Ce qui me fascine, c'est le breakdance avec son côté acrobatique, mais je suis du genre à me casser la figure souvent. Alors j'ai essayé le popping, avec ses mouvements très en rythme de pantins désarticulés. Oui, c'est ça, je ressemble à un pantin désarticulé tellement cette danse demande une souplesse et une légèreté de ouf. En revanche, ce qui est super avec ce style, c'est qu'en fermant les yeux, je peux imaginer des chorégraphies sur n'importe quelle musique. Souvent, seul mon corps s'exprime, et ma tête suit – oui, elle suit simplement. Je suis sur un petit nuage. Parfois, il doit être costaud, le nuage. Il doit supporter mes sauts, mes roulades, mes tornades imaginaires et autres inventions… mais c'est un nuage quand même, et je m'exprime dans un monde où j'existe seule, sans règles. Voilà, exactement, sans règles.

Ma sœur, elle ne peut pas vivre sans règles. Notre principale différence est là. J'essaie de lui faire écouter de la musique hip-hop, mais elle se fige, me regarde avec de grands yeux, s'affole et s'en va. Ce n'est pas qu'elle n'aime pas. Elle ne comprend pas… et ne me comprend pas. Parfois, elle revient avec du Schumann ou du Mozart à fond sur son smartphone. Elle me tend la musique comme si elle voulait me convaincre. J'ai l'impression qu'elle veut me désensorceler – ou, moins violent, me faire entendre les seuls rythmes et notes qui lui semblent supportables. Je n'ai rien contre Schumann et Mozart, je trouve même que, dans certains morceaux, Mozart a des rythmes tout à fait dansables en street dance, mais je n'ai jamais trouvé le courage de le dire à Forêt. Alors, j'écoute avec elle… mais j'aimerais tant qu'elle danse avec moi.

5

Parfois, les vœux se réalisent alors qu'on n'y croyait plus, et c'est exactement ce que je viens de vivre. Je suis entrée dans la chambre de ma sœur sans frapper – oui, je sais, ce n'est pas bien, mais je n'entendais rien et je suis stressée quand Forêt ne joue pas de piano. C'est depuis le jour où elle a découpé la partition en petits morceaux. Je me dis que si elle ne joue pas, c'est qu'elle doit être mal et je me fais des films. Je suis donc entrée et je l'ai vue, de dos, devant son ordinateur, qui regardait une vidéo du célèbre passage des *Indes Galantes* de Rameau, dansé en hip-hop, la Danse du Grand Calumet de la paix. Elle avait un casque sur les oreilles et ne m'a pas captée. Je ne savais pas trop comment réagir : je laissais exploser ma joie, ou je ressortais discrètement ? Si je ressortais discrètement, elle n'en saurait rien et ça serait difficile de reprendre une conversation là-dessus du genre : « Euh, je t'ai vue, en fait, je sais que tu as regardé du hip-hop... » Et après, lui dire que je l'avais espionnée, lui avouer que j'avais peur quand elle ne faisait pas de musique. C'était compliqué.

Finalement, j'ai décidé de m'approcher et de regarder l'écran à ses côtés. Forêt a sursauté, elle a approché son index du clavier d'ordinateur, mais n'a appuyé sur aucune touche. Nous avons continué à regarder ensemble. Quand les applaudissements ont retenti, Forêt a fermé l'ordinateur, s'est assise devant son piano et a ouvert une partition. J'ai pu lui demander, juste avant qu'elle ne commence à jouer, si ce qu'elle venait de voir lui avait plu.

— Oui, c'est intéressant.

— Intéressant ? Mais c'est juste génial, tu veux dire.

— Un peu rustique, non ?

— Non, *expressif*. Des corps qui s'expriment, ce n'est pas *rustique*.

— En tout cas, c'est parfaitement en rythme.

— Voilà, c'est tout à fait ça, *en rythme*, le rythme du cœur, du souffle, le rythme qui raconte quelque chose.

— Bien sûr, mais toute œuvre raconte quelque chose.

— C'est ça, toute œuvre, Forêt... Pas seulement la musique classique.

Elle m'a regardée, et j'ai vu dans ses yeux passer comme une interrogation.

CHAPITRE 5

— Je dois travailler mon piano. Je dois repasser le concours l'année prochaine. Je ne peux pas me contenter d'une quatrième place. Je dois être première. Je suis en retard sur mon programme.

— Tu ne *dois* rien, et ton programme, c'est la vie, seulement la vie.

J'avoue que j'étais assez satisfaite de ma réponse. Elle a percuté Forêt qui a mis un certain temps avant de poser les mains sur le clavier. Un temps de réflexion qui m'a fait sourire. La première hésitation depuis toujours dans les pensées de ma sœur. J'en étais sûre. Mais elle n'a pas hésité longtemps. Elle a débuté par des gammes, puis a ouvert une partition de Mendelssohn, *Les romances sans paroles*, qu'elle s'est mise à déchiffrer.

— C'est une bonne idée, Mendelssohn, elle m'a dit. Ce n'est pas beaucoup joué.

— Et ça te plaît ?

— Ouais, pas mal.

— Tu ne préférerais pas jouer un truc que tu aimes ?

— Si, bien sûr, ce sera après le concours.

— T'es tellement à côté de la vie, ma pauvre Forêt !

Et je suis sortie de la chambre. J'étais effarée, perdue, au bord des larmes. Je sentais comme un gâchis. Je me suis assise dans le couloir pour me calmer et pour écouter Forêt. En même temps, de quoi je me mêlais ? Pourquoi je me permettais de la juger ? Peut-être parce que je savais qu'elle n'était pas heureuse. Elle n'était pas heureuse, ma sœur, et je me sentais prête à l'aider… mais comment ?

Et c'est là que j'ai eu l'idée. Il lui fallait du changement. L'obliger à faire quelque chose qu'elle n'avait jamais fait. Changer son environnement. Les vacances de printemps approchaient, et je devais sauter sur cette occasion pour mettre en place mon idée. Forêt ne partait jamais en vacances. Non, ce n'est pas tout à fait vrai, elle partait chez notre tante à Dijon, qui avait un piano. Elle n'avait jamais envisagé de vivre loin de cet instrument. Elle aurait pu partir dans des colonies musicales ou s'inscrire dans des stages, mais non, ma sœur ne pouvait pas se mêler aux autres.

D'abord elle est unique. Dans un groupe, elle ne peut pas disparaître. Dès qu'elle pose les mains sur un piano, on entend plus qu'elle et, tout de suite, il y a le groupe d'un côté et elle de l'autre, avec sa virtuosité. Autre chose : Forêt ne peut pas vivre en collectivité. Elle y est mal à l'aise et ne sait pas comment se comporter. Elle n'a pas les mêmes codes. Elle reste isolée quand, par exemple, les élèves de sa classe parlent entre eux. Rien de ce qui les passionne ne l'intéresse.

C'est à cause de tout ça que j'ai eu mon idée. J'allais partir avec elle et l'entraîner dans un tourbillon de sons et de mouvements. Elle n'aurait pas le temps de réfléchir, personne à écouter sauf la musique, elle n'aurait pas à savoir où se mettre, sinon dans le rythme et dans la danse. Un bouleversement total, une découverte. Cette idée m'enthousiasma. Mes parents se montrèrent plus réservés, mais ils étaient prêts à essayer n'importe quoi pour ne pas revivre l'épisode du concours. Ils savaient aussi que j'adorais ma sœur et que je prendrais soin d'elle.

Je nous inscrivis donc à un stage de hip-hop, cinq jours à Rennes. Je ne lui dis pas ; je préférais la prévenir au dernier moment et lui présenter ça comme une surprise enchantée. Quelques jours avant le départ, elle commença à douter. Ma mère préparait des tas de vêtements pour elle et moi, parlait sans cesse d'un séjour à Rennes qu'elle avait fait quand elle était étudiante et voulait absolument lui acheter de nouvelles baskets alors que Forêt ne portait que des bottines, hiver comme été. Bref, notre mère n'était pas très discrète. Les doutes chez Forêt, ce n'était pas si grave. Il suffit qu'elle travaille son piano plusieurs heures de suite et elle oublie tout le reste.

Notre père, que Bach et Mozart passionnaient, et qui était peut-être la cause de l'oreille absolue de ma sœur pour l'avoir baignée bien avant sa naissance dans une écoute musicale permanente, se prit soudain d'une passion pour le rap. La maison fut bientôt envahie de sons heurtés et énergiques. Forêt lui demanda quand même de baisser sa musique pendant les repas, mais elle sembla totalement indifférente à ce bouleversement. Mon plan marchait à souhait, et le jour du départ approchait. La veille, ma mère fit nos valises et les glissa sous nos lits…

6

Je n'ai pas dormi de la nuit. Je me suis raconté tous les scénarios que ma sœur pourrait vivre quand elle apprendra ce que la famille lui a préparé. J'ai imaginé du plus catastrophique, avec larmes, cris, enfermement dans sa chambre, au plus joyeux avec cris d'enthousiasme, yeux brillants et petits sauts expansifs. Bien sûr, rien ne s'est passé comme ça. Forêt a marmonné un « Ah bon… » désintéressé, et a enfilé le jean propre que ma mère lui avait préparé. Elle a ensuite pris le sac à dos que notre père lui tendait et est montée dans la voiture familiale qui nous emmenait vers le lieu de rendez-vous du groupe de danseurs passionnés.

En arrivant, Forêt a demandé :

— Bien sûr, il y a un piano là-bas ? Vous y avez pensé ?

On s'est tous regardés, muets, mais une jeune femme du groupe lui a répondu :

— Oui, il y en a un. Il est un peu désaccordé, mais il devrait te suffire, et elle a adressé à Forêt un sourire rassurant.

En fait, ce n'était rassurant ni pour Forêt ni pour moi. Pour elle, un piano désaccordé, c'était inenvisageable, et en aucun cas ça ne pouvait lui suffire. Pour moi, un piano représentait le risque que Forêt s'isole et que mon projet ne serve à rien. Je souhaitais que ce piano soit en si mauvais état qu'aucun son n'en sorte – en tout cas, que Forêt ne puisse pas supporter ses miaulements de chat. J'étais prête à saboter l'instrument… autant dire prête à tout.

Dans le train, Forêt ne me dit pas un mot. J'essayais de lui demander si elle était contente que nous passions une semaine de vacances ensemble. Elle acquiesça d'un hochement de tête. J'essayais de lui faire partager mon enthousiasme pour le hip-hop, elle ne m'écouta pas. Elle lisait une partition sur son téléphone et scandait les notes en rythme comme une mécanique bien réglée, chantonnant certains passages, se contentant de lire les autres dans un murmure si concentré que les quelques voyageurs présents la regardaient d'un air intrigué et sceptique.

— Tu as le sens du rythme, dit un garçon qui l'observait depuis un moment. C'est marrant, ta façon de faire, on dirait des percussions. Tu dois être bonne en danse. J'ai bien deviné ?

CHAPITRE 6

Forêt le regarda comme s'il venait d'une autre planète.

— Je déchiffre, c'est tout.

Le ton était si froid qu'il n'insista pas.

Je soupirai. Il avait l'air sympa, ce garçon, mais il n'était pas près d'adresser à nouveau la parole à Forêt. Un de moins. Arrivées sur place, nous nous sommes rendues à l'auberge de jeunesse. Ma sœur et moi partagerions la même chambre. Forêt a aussitôt rangé ses affaires, et j'ai eu la surprise de voir qu'elle avait emporté une partition de Schumann ainsi qu'une carte postale avec un portrait de Clara Wieck. Quand elle a vu ma mine étonnée, Forêt a cru bon de préciser :

— Je ne peux pas me passer d'elle. Elle me rappelle qui je suis.

Pourquoi pas, ai-je pensé, j'ai bien mes musiques préférées sur mon portable. *Oui, mais une carte postale tout de même…*

Forêt est allée à l'accueil de l'auberge et a demandé d'un ton ferme :

— Où est le piano ?

— Dans la salle d'activités, mais vous ne pouvez pas jouer, il y a yoga en ce moment.

— Quand ça s'arrête ?

— À 19 h 30.

— Très bien.

— Mais c'est l'heure du dîner.

— Je préfère jouer du piano.

— Rien ne vous en empêche.

— Si justement, tout.

J'ai surpris l'échange et je me suis sentie très triste.

Quand le groupe de danseurs s'est retrouvé après le dîner dans la salle d'activités pour mettre en place le programme de la semaine, Forêt y était, assise devant un piano droit très rudimentaire, et lancée dans une balade de Chopin déchaînée. Les sons qui sortaient de l'instrument étaient étranges, difformes, et Chopin devait se retourner dans son cercueil, mais Forêt jouait. Tout le monde s'est tu. Puis, quelqu'un a éclaté de rire et un garçon s'est mis à sauter partout.

«— »C'est quoi ce délire ? » a hurlé un autre garçon.

L'animateur du groupe a rejoint Forêt qui ne s'était pas aperçue de notre présence dans la salle. Elle a sursauté quand il lui a mis la main sur l'épaule, et s'est arrêtée net de jouer.

— Je n'ai pas fini, a-t-elle indiqué en se secouant.

— Désolé, mais la salle est réservée pour notre groupe. Et d'ailleurs, il me semble que tu en fais partie, non ?

— Oui, mais je n'ai pas travaillé de la journée. Je ne peux pas passer une journée entière sans travailler au minimum deux heures. C'est comme ça.

— Je comprends, mais tu t'es inscrite dans un groupe de danse hip-hop…

— Je ne me suis pas inscrite. *On* m'a inscrite.

— OK, mais ça ne me regarde pas. En ce qui me concerne, tu fais partie du groupe, et nous devons nous organiser pour passer quelques jours sympas à faire du hip-hop, donc rester ici et parler.

Forêt m'a lancé un regard incendiaire, a refermé le couvercle du piano et s'est approchée de moi. Tout le monde s'est assis, et l'animateur nous a parlé du programme. En vérité, je n'écoutais pas. Je regardais ma sœur et j'avais envie de pleurer. J'aurais préféré rentrer chez nous et entendre Forêt travailler son piano dans sa chambre. J'aurais voulu ne rien avoir changé, ne pas m'être comportée en sauveuse de ma petite sœur qui, malgré sa solitude et sa crise de rage récente, ne souhaitait nullement qu'on la sauve. Forêt n'avait rien demandé, ne m'avait rien demandé.

7

Le lendemain matin, avant le petit-déjeuner, j'ai téléphoné à mes parents. Ma mère n'a pas cédé quand je l'ai suppliée de venir chercher Forêt. « Ce n'est pas en une soirée que je pouvais tirer des conclusions, m'a-t-elle dit, *continuez, dansez et peut-être que le mouvement l'aidera. C'était ton idée, une excellente idée, alors continue de la mettre en pratique.* »

J'ai mis mes baskets et j'ai rejoint le groupe dans la salle de restaurant. Ma sœur s'était levée bien avant moi et avait disparu, mais elle était tranquillement attablée devant un bol de café. Du café, elle qui n'en buvait jamais pour ne pas avoir de tremblements dans les mains, sa hantise. Elle avait mis les baskets que notre mère lui avait achetées et était en jogging, tenue qu'elle ne portait jamais et qui était complètement neuve là aussi. En revanche, il était évident qu'elle n'était ni joyeuse ni apaisée.

On commença l'échauffement. Des exercices simples pour tous les corps entraînés, épuisants pour Forêt qui ne bougeait jamais. Certains d'entre nous s'éclataient dans des créations personnelles, d'autres étaient plus timorés, j'en faisais partie. Forêt demanda à observer avant de se lancer, ce qui lui fut accordé. Elle fit le travail sans protester, mais sans se mêler au groupe. Elle n'adressa la parole à personne, surtout pas à moi. Elle mangea presque seule et partit se coucher aussitôt après dîner. Ce qui était bizarre, c'est qu'elle n'essaya jamais d'avoir la salle pour jouer du piano. Trop bizarre. Ça m'inquiéta au plus haut point. En fait, quoi que fasse Forêt, mes parents et moi, nous nous inquiétions. Nous avions avec nous une extraterrestre à laquelle nous ne comprenions rien, ce qui provoquait chez nous de l'inquiétude dans les moments les plus légers et de l'angoisse dans les moments les plus lourds.

J'aurais dû être rassurée, Forêt jouait le jeu, mais non, je trouvais ça suspect et ça ne me satisfaisait pas.

Grâce à notre animateur, je pus sortir de cet état de vigilance extrême. Il repéra chez Forêt une expression originale. Lors d'un échauffement en commun, on devait s'exprimer avec le haut de notre corps, et Forêt agita ses mains et ses doigts comme si elle jouait sur un clavier. L'animateur se dirigea vers elle, la regarda et applaudit à tout rompre.

— C'est d'une originalité folle ce que tu fais là. Il faut absolument que tu le développes.

Forêt s'arrêta net, et baissa les yeux. Elle demeura comme pétrifiée.

— Non, mais vraiment. Juste avec les mains, tu arrives à danser de façon aussi expressive que si tout ton corps était en mouvement. Tu dois en profiter.

— Ce ne sont que des mains. Des mains dans l'air, répondit Forêt, et elle sortit de la salle.

Je retrouvai ma sœur dans notre chambre après l'atelier, elle lisait une partition. Forêt ne lâchait rien, et je me dis que mon idée ne changerait pas grand-chose à son attitude. J'ai décidé de sortir et je suis allée me promener dans Rennes, mais je ne pensais qu'à Forêt et encore à Forêt. Jusqu'au moment où, dans un sursaut, je me dis que ça suffisait. Elle devait se débrouiller sans moi. Je pris à ce moment-là une saine résolution, celle de ne plus m'occuper d'elle et de profiter du stage. Après tout, c'était *ma* passion, le hip-hop, et je n'allais pas gâcher mes journées pour une gamine rivée à son clavier et ses notes. Qu'elle reste dans son jus avec Clara Wieck et toute la bande ! J'avais, moi aussi, le droit d'avoir une bande, et les membres de la mienne étaient bien vivants. C'était ma première colère contre ma sœur en treize ans de vie commune, et elle me fit un bien fou. Un bien fou.

À elle aussi, je crois que ça a fait un bien fou. Je l'ai lâchée. Finis les regards en coin pendant les échauffements de danse, finies les questions sur ses ressentis. Lâchée. Alors, elle a de nouveau squatté la salle et le piano quand il n'y avait personne. Elle a recommencé à marmonner des notes de musique à toute vitesse, mais elle a aussi participé à tous les ateliers et, parfois, elle a fait preuve d'inventivité dans ses mouvements. L'animateur l'encourageait. Il lui disait qu'elle avait une belle imagination gestuelle.

C'était assez surprenant pour moi, qui avais toujours considéré que Forêt n'était qu'une interprète, quelqu'un qui suivait scrupuleusement les indications sur la partition, sans la moindre fantaisie. Même sa professeure vantait ses qualités de virtuose, mais disait qu'elle cachait trop ses émotions, qu'elle devait se laisser submerger par ce qu'elle jouait. Forêt n'était pas d'accord, elle voulait maîtriser l'écriture du compositeur : les nuances dans le jeu venaient des indications sur la partition, pas de ses émotions. D'ailleurs, l'émotion était indécente pour elle, ce qui avait rendu encore plus surprenante sa crise juste avant le concours. Moi, je savais qu'elle avait peur d'elle-même. Ses émotions étaient aussi vives que son intelligence.

Bref, durant le stage à Rennes, l'animateur – tout le monde l'appelait Thomas dès la deuxième heure, tandis que Forêt continuait de l'appeler « Monsieur »

— complimentait ma sœur sur son imagination. Peut-être était-ce lui qui avait une terrible imagination, ou bien l'initiation au hip-hop bousculait ma sœur et ses valeurs. Peut-être aussi se découvrait-elle des qualités cachées. Mais je m'interdisais de trop y réfléchir. Pas facile quand même.

Le matin du troisième jour, Forêt n'était pas au petit-déjeuner, mais nous savions tous que nous la trouverions dans la salle d'activités. Nous aussi devions nous y rendre. En nous en approchant, nous avons entendu une musique puissante. Nous nous sommes arrêtés, Thomas s'est avancé en éclaireur, nous le suivions sur la pointe des pieds. Il a entrouvert la porte de la salle, et là…

Forêt était de dos, debout face à un ordinateur, un groupe dansait à l'écran. Forêt essayait de suivre les mouvements, mais surtout, en créait d'autres. Thomas nous a fait signe de nous taire et d'attendre que la vidéo soit terminée. J'avais honte, tout simplement honte, mais un garçon a posé une main sur mon épaule.

— Elle est trop forte, ta sœur.

— Tu crois ?

— Oui, je crois… Regarde, elle s'en sort pas mal. C'est un bon début.

Je n'ai rien trouvé à redire. J'observais Forêt. Ma honte s'était éteinte, mais une terrible envie de pleurer lui avait succédé. La vidéo s'acheva. Thomas applaudit. Forêt sursauta, se retourna et je vis son visage. Elle rayonnait comme jamais je ne l'avais vue rayonner à la fin d'une interprétation musicale. Un visage inédit. Thomas était également surpris, il ne connaissait pas bien Forêt, mais il semblait bouleversé par ce qu'il lisait dans ses yeux et dans son sourire.

— Ce sont les *Indes galantes*, ma sœur me les avait fait écouter, dit Forêt.

— Oui, je sais, répondit Thomas.

— C'est fantastique, un sommet de la musique baroque.

— Peut-être. C'est surtout un joli mariage entre les danses de notre époque et une musique ancienne.

— Exactement… Je viens de le comprendre. Je ne croyais pas que c'était possible.

— Et tu en déduis quoi ?

— Que j'ai envie de le faire.

— De faire quoi ?

— De danser comme vous, mais sur une musique comme celle-là.

— Tu as une proposition de musique.

— Non, mais je vais trouver…

Et Forêt a traversé le groupe qui était resté à la porte comme si elle ne voyait personne.

— Donnez-moi une heure et je reviens avec une musique.

CHAPITRE 7

— D'accord, a crié Thomas avant qu'elle ne disparaisse au bout du couloir. Allez, échauffement pour tout le monde !

D'habitude, j'aime bien l'échauffement du matin, quand nos corps se réveillent et se déplient. Là, j'étais sur une autre planète. J'imaginais Forêt les yeux rivés sur ses playlists d'iTunes, recroquevillée sur son lit en train d'épeler toutes les notes des morceaux qu'elle écoutait, et qu'elle éliminait les uns après les autres. Je pensais qu'elle nous rapporterait une œuvre de Schumann, trop contente de nous y initier. Je me la représentais concentrée, le visage chiffonné et les lèvres pincées.

Pas du tout. En s'approchant des fenêtres de la salle, on pouvait voir Forêt, son casque sur les oreilles et son portable dans la main droite, faire des sauts de cabris dans le jardin de l'auberge de jeunesse. C'est Thomas qui la vit en premier, mais il n'en dit rien. La fille à ma droite dans le cercle qu'on formait pour s'échauffer fut moins discrète. Elle tendit un doigt vers Forêt. Le cercle se disloqua et un amas rigolard se colla aux vitres. Forêt ne pouvait ni nous voir ni nous entendre. Elle marchait de long en large, sautait, arrêtait la musique, la relançait, sautait à nouveau et, soudain, elle disparut. Pour réapparaître moins d'une minute après au milieu de la salle où elle s'est plantée, sans se soucier de savoir si elle nous dérangeait.

Elle se tourna vers Thomas et annonça :

— J'ai le morceau. Ça va être facile, je pense.

— Pourquoi en es-tu si sûre ?

— Tout y est, le rythme, les changements de rythme, les différents chants. Chacun va y trouver sa place et pourra s'exprimer dans la danse qu'il a choisie.

Thomas nous avait dès le premier jour expliqué les différents styles de danse de rue qui se regroupaient sous l'appellation *hip-hop*. Forêt ne m'avait semblé s'intéresser ni à cette présentation ni au fait que chacun s'était défini par rapport à tous ces styles. Elle n'avait pas exprimé de choix. Forêt s'était contentée de hocher la tête quand Thomas le lui avait demandé.

— C'est quoi alors, cette œuvre magique ?

— Le concerto pour quatre pianos de Vivaldi retranscrit par Bach.

Un long silence a suivi cette annonce. Même Thomas n'a pas su quoi répondre.

— On l'écoute, a proposé Forêt. J'ai mon enceinte Bluetooth, ça donnera plus de son.

Elle a lancé le morceau. À fond. Nous avons tous été surpris par cette musique à laquelle nous n'étions pas habitués (enfin, moi si). Puis, les pieds ont commencé à marquer le rythme, les têtes à osciller et les épaules à se balancer en mesure. Quelques-uns marchaient dans l'espace comme Thomas nous l'avait conseillé pour appréhender un tempo. Un garçon s'est lancé dans des contractions-décontractions. Une fille a tenté quelques figures au sol. À la fin du morceau, plusieurs ont demandé à Forêt de le relancer. Trop heureuse, ma sœur s'est précipitée sur son smartphone et tout a recommencé, mouvements, sauts, bras en déliés.

CHAPITRE 7

Thomas regardait son groupe improviser avec bonheur sur du Vivaldi ou du Bach, peu lui importait. L'essentiel était là, dans cette communication totale. Et la cheffe d'orchestre de ce bel ensemble était Forêt. Elle courait autour de la salle en tournant sur elle-même à la manière d'une toupie.

Quand le morceau s'est achevé, nous sommes tous tombés par terre en criant ou en applaudissant. Thomas a regardé Forêt, nous a regardés.

— Maintenant, va falloir travailler. Vous êtes d'accord ? a-t-il proposé.

Il a reçu en réponse nos cris de joie, et Forêt était celle qui hurlait le plus fort. Moi, je pleurais de bonheur.

Il restait deux jours de stage mais, déjà, une rumeur courait parmi les stagiaires. Thomas habitait Paris comme nous tous. Nous ne voulions pas arrêter. Nous nous le disions. Il suffisait de choisir qui allait demander à notre animateur comment et où continuer ce travail avec lui. Je fus désignée. Je n'ai pas hésité longtemps. J'avais déjà assez peur comme ça de lui poser la question, inutile de reculer l'échéance. Je me suis lancée après le petit-déjeuner.

— Je voudrais te demander, au nom de tout le monde, s'il est possible de continuer ce travail sur Bach avec toi à Paris. Nous en avons tous envie. Peux-tu nous proposer quelque chose ?

J'avais révisé mon texte une partie de la nuit. Je devais avoir l'air de réciter une leçon. Thomas a souri :

— J'y pensais aussi, et je vais y réfléchir. Promis.

Il réitéra sa réponse plus fort, et tout le monde applaudit.

— Alors, pour le spectacle, il faudra trouver quatre pianistes car, moi, je veux danser ! s'exclama Forêt, à la surprise générale.

— Quel spectacle ? cria un garçon.

— Celui qu'on fera, répondit Forêt. On ne fait jamais de travail artistique pour rien. Il faut un concert ou une représentation.

— Elle a raison, ajouta Thomas.

Nous nous sommes tous regardés. Bien sûr qu'elle avait raison, mais avec notre courte expérience, on ne s'imaginait pas aller si loin.

— On va se planter. On n'est pas prêts.

— Qui vous dit que ce sera pour tout de suite ? Il va falloir travailler. C'est bien ce que vous venez de me demander ? De travailler encore ? C'est ce qu'on va faire… et tout de suite… Allez, échauffement ! Et pour cet échauffement, je travaillerais volontiers sur la suite de ce concerto… Tu ne nous as fait écouter que le premier mouvement, Forêt. Il doit y en avoir deux autres.

— Ah, vous savez ça ?

— Oui, je sais ça, dit Thomas en riant. Et plein d'autres choses sur la musique.

Forêt baissa les yeux, mais je savais que Thomas venait de prendre une grande importance à ses yeux.

CHAPITRE 7

La dernière heure d'activité arriva, et le temps de se séparer pour quelques jours. Nous avions tous pris rendez-vous le samedi suivant au 104 rue d'Aubervilliers, à l'endroit où je retrouvais mon groupe de danse, mais je proposai aux stagiaires un autre horaire afin de pouvoir mener les deux aventures dans la même journée. Forêt s'était engagée à être présente. Elle était métamorphosée, joyeuse et active. Elle chantait à pleins poumons le premier mouvement du concerto en mimant drôlement les quatre pianistes en action. Elle chantait aussi ses autres partitions classiques mais, plutôt que de murmurer les notes, elle les clamait dans le car qui nous ramenait. J'ai dû lui dire plusieurs fois de baisser de volume devant les regards agacés des autres.

L'enthousiasme ne dura pas longtemps. Dès le lundi soir, elle prévint en revenant du conservatoire qu'elle n'irait pas au 104 le samedi. Elle devait travailler son piano. Sa professeure lui avait donné des consignes. Le concert de fin d'année approchait, et il fallait ne rien lâcher dans les onze mois qui restaient avant le concours de l'année suivante. Pas question qu'elle perde son temps avec des activités farfelues. Ma sœur m'a répété les paroles de sa professeure mot à mot. Forêt estimait qu'elle était responsable de ce qu'elle était : un prodige. Mes tentations pour la danse et les contorsions la distrayaient de ses obligations. Elle devait se ressaisir.

— Mais ça te plaisait ?

— Oui, mais le problème n'est pas là. Je n'ai pas le temps.

— Tu n'es pas obligée. Tu peux choisir de faire un truc qui te plaît.

— Tu crois que Clara Wieck aurait été ce qu'elle est devenue si elle avait avancé un tel prétexte à son père ? Je suis sûre qu'il n'aurait jamais accepté qu'elle parte une semaine loin de son piano. Ah non ! Et il aurait eu bien raison.

— Mais on s'en fout de Clara Wieck ! De son père aussi ! C'est toi qui comptes. Toi, maintenant, pas cette Clara du XIXe siècle.

— Tu ne peux pas comprendre…

— Si, je comprends très bien qu'avec ton QI démesuré et tes dons pour le piano, tu te mets une pression de ouf. Tu te fais pourrir la vie par des gens qui profitent de toi pour leur propre gloire !

— De qui tu parles ?

— De ta prof, de notre prof ! Des parents et de tous les adultes qui veulent que tu joues comme un petit singe savant. Révolte-toi, merde !

CHAPITRE 7

— Me révolter ? Mais tu dis n'importe quoi ! Je suis unique dans mon genre. Tous ces gens m'aident à cultiver mon unicité...

— Non mais tu t'entends... Quand je parle de singe savant, je suis en plein dedans. "Ton unicité"... mais c'est du grand n'importe quoi. Tu passes à côté de la vie, Forêt. Comme Clara Wieck, qui a passé la sienne à courir les capitales du monde entier en faisant huit enfants et en jouant la musique de son mari malade.

— N'insulte pas Schumann !

— Mais je n'insulte personne. Je veux juste te dire de vivre ! Clara a vécu il y a deux cents ans. C'est fini. Clara est une image, surtout pas un modèle. Tu es douée, OK. Tu es même très douée. Et alors ? Il ne faut pas gâcher ta vie pour ça.

— Qui te dit que je la gâche en n'allant pas au 104... Tu me fais...

Forêt me claqua au nez la porte de sa chambre. J'aurais bien admis qu'elle avait raison et qu'elle ne bousillait pas sa vie en n'allant pas au 104 si, juste après la fermeture de la porte, je n'avais pas entendu claquer le couvercle du piano et Forêt pleurer. Je l'ai laissée pleurer tellement cette discussion m'avait épuisée.

Assise sur mon lit, je remâchais les mots échangés. Forêt avait raison, elle était unique en son genre, mais était-ce une bonne raison pour rester seule ? Et moi, avais-je tort quand j'accusais les adultes qui l'entouraient de profiter d'elle ? Je me levai et courus jusqu'à la cuisine. Sur place, je me plantai devant ma mère.

— Tu crois pas qu'il est temps que ça s'arrête, cette pression sur Forêt ?

Elle me considéra avec des yeux ronds.

— Tu crois pas qu'il faut qu'elle s'amuse ? Elle t'a dit que sa prof de piano lui avait interdit d'aller au104 avec moi samedi ?

— Je ne pense pas qu'elle le lui ait interdit. Elle lui a expliqué que l'important était ailleurs.

— Ben non, justement, il n'est pas ailleurs ! Vous vous plantez tous, avec vos rêves de scènes, de concerts et de concours. Faut la laisser respirer, ma sœur.

— Elle aura bien le temps de respirer plus tard.

— Quand elle sera trop vieille.

— Ne sois pas ridicule. C'est de la jalousie.

— De la jalousie ! Jalouse, mais certainement pas ! Elle est en prison, Forêt. Prisonnière de son talent et de vos intérêts. Je préfère cent fois ma vie. Au moins, vous me foutez la paix. Je croyais que tu avais compris. Tu nous as raconté que ça t'est arrivé, à toi aussi. Il a suffi que la partition soit recollée et que tu aies trouvé une nouvelle robe de concert sur Internet pour que tu aies oublié.

— Je n'ai rien oublié. On en a parlé lundi avec ta sœur et sa professeure. On est reparties sur de bonnes bases. Tu ne vas pas tout saboter.

Elle marqua un temps d'arrêt, et reprit :

CHAPITRE 7

— Alors écoute, parce que je n'ai pas fini mon histoire. Moi, j'ai refusé mon don. Je ne l'ai pas admis, pas exploité. Et je suis biologiste. J'aurais dû être chercheuse en mathématiques, professeure d'université ou, en tout cas, dans un secteur où les maths étaient au cœur du métier. Si je t'ai laissée emmener Forêt en vacances, c'est parce qu'elle en avait besoin pour se détendre. Maintenant, c'est fini. Elle va se remettre au piano et vivre le destin qui lui est promis. Je regrette tellement de ne pas l'avoir fait…

— Et pourquoi tu as abandonné les maths ?

— Par paresse. Justement, je n'avais personne derrière moi à l'adolescence pour me pousser à continuer. Pour m'enseigner que, dans la vie, il faut se battre, surtout si on est doué.

— Tu délires, maman ! Tu veux vivre ce que tu as perdu au travers de Forêt. C'est quoi, ce destin ? Qui te dit que tu aurais été plus heureuse en étant un petit génie des mathématiques ? Hein, qui te le dit ? Eh bien, crois-moi, je ne vais pas vous laisser faire, toi, papa, sa prof et tous les autres qui vous cramponnez à elle… Moi, je l'ai vue rire, Forêt. Je l'ai vue danser… Alors oui, je vais tout foutre en l'air !

8

J'étais sûre de moi. Je devais convaincre Forêt d'écouter son cœur et ses désirs. Je ne voulais pas la détourner du piano. Je voulais enrichir sa vie. Il me fallait un plan d'enfer. J'étais prête à rassembler tous mes copains de hip-hop du 104, à faire brûler des bougies et de l'encens pour convoquer les esprits de Bach, Vivaldi et Schumann, et si même Clara Wieck pouvait m'aider, je l'accueillerais à bras ouverts et je lui expliquerais en quoi ce n'était pas très positif qu'elle serve de modèle à Forêt.

Je téléphonai à Thomas en premier pour lui faire part de mon plan. Je lui parlai longtemps avant qu'il ne comprenne ce qu'il en était vraiment de la situation. Pour lui, Forêt était juste une fille originale et un peu coincée, que ces quelques jours à Rennes avaient suffi à épanouir. *Coincée*, beaucoup pensaient ça de ma sœur. Ses camarades de classe se moquaient d'elle et de son piano classique, de ses heures dans sa chambre et de sa manie de marmonner des notes de musique. Mais la solitude de Forêt, ses larmes, personne ne semblait les concevoir, sinon moi. J'aurais pu en parler à notre professeure de piano et négocier deux heures le samedi après-midi, mais j'entendais déjà sa réponse : « Forêt est une pianiste exceptionnelle et, comme toute pianiste exceptionnelle, elle ne peut pas avoir la même vie que les filles de son âge. Je suis là pour veiller à l'épanouissement de son don. Le repos, les loisirs, les divagations musicales ou dansées ne sont pas pour Forêt. Elle doit s'en dispenser pour cultiver ce qui fait et fera d'elle une très grande interprète. » J'avais raison, le don de Forêt l'enfermait dans son monde, et les adultes qui l'entouraient en étaient aussi prisonniers. Trop fiers, trop impliqués, ils attendaient les succès de Forêt pour se les approprier.

Je passai une soirée à écouter les œuvres de Schumann pour en sélectionner une. Je fermais les yeux, j'écoutais, j'imaginais des figures, j' passais à l'œuvre suivante… jusqu'à ce que je tressaille en entendant les premières notes du *Carnaval*. Ça serait ce morceau-là. On l'ajouterait au concerto pour quatre pianos, et le lien serait fait entre le hip-hop et la passion de ma sœur. J'étais certaine de mon choix. La question était de savoir qui allait jouer ce morceau. Même ma sœur ne l'avait pas encore abordé.

Thomas proposa un enregistrement, mais ma sœur ne s'en contenterait pas. Je l'entendais déjà nous demander pourquoi nous avions choisi cette interprétation-là plutôt que celle-ci, bien meilleure. En s'appuyant sur son savoir musical, elle se détournerait de mon invitation. Il ne me restait plus qu'une solution : demander à Cyril, un jeune professionnel que notre professeure accompagnait dans sa carrière et dont toutes les filles du cours de piano étaient amoureuses, Forêt en premier. Elle ne pourrait que l'écouter bouche ouverte avec des yeux de poisson frit. Il fallait que j'ose adresser la parole à ce garçon. Moi qui, comme les autres, l'admirais sans réserve. Pour ma sœur, je devais le faire… et pour moi aussi, un peu.

Cyril prenait ses cours le mardi soir, et j'oubliai volontairement ma trousse en salle de solfège le lundi soir. Je revins le lendemain au conservatoire pour la récupérer, et me retrouvai devant Cyril, d'abord muette… puis je le fixai intensément, au point qu'il m'adressa la parole.

— Bonjour, tu as quelque chose à me dire ?

On ne pouvait guère faire mieux. Enfin, si je n'avais pas eu la bouche sèche, le cœur qui battait à 100 à l'heure et du brouillard plein les yeux. Je pris une profonde respiration avant de lui répondre.

— C'est pour ma sœur.

— Forêt ?

— Oui...

— Et ?

— Et je voudrais que vous jouiez le *Carnaval* de Schumann pour elle.

— Rien que ça...

— Peut-être pas en entier... mais aussi le concerto pour quatre pianos.

Et je lui détaillai mon plan, sans omettre de tout lui raconter, la partition découpée et la robe collée en prime.

— J'aurais adoré faire ça...

— Peut-être, mais ma sœur, elle l'a fait parce qu'elle ne va pas bien.

— Trop de pression... J'aime bien ton idée et j'aime bien Forêt, deux raisons d'être dans ton camp. On se voit quand ? Tu cherches encore des pianistes ?

— Et des pianos.

— Ah, carrément ! Bon, je dois pouvoir trouver des collègues. Quant aux claviers, on se contentera de pianos numériques, le son est moins bon, mais on pourra les transporter. Donne-moi ton 06.

Je le lui donnai. Cyril a mon 06 et je le tutoie ! Il l'a exigé... Je fonds, je craque, je bous. La vie, quoi.

— Oui mais, ces pianistes classiques, ils ne connaissent rien au hip-hop.

CHAPITRE 8

Ce furent les premiers mots de Thomas.

— Tu es sûre que ce Cyril a bien compris ce que tu voulais ? On devrait plutôt se débrouiller tous les deux, sans lui, tu ne crois pas ?

C'était deux mondes qui ne se parlaient pas et que je voulais réconcilier par l'intermédiaire de ma sœur qui était déjà toute chamboulée.

J'ai failli renoncer.

Ce qui m'a poussée à ne pas abandonner, c'est quand, à 2 heures du matin, j'ai entendu les *Indes galantes* dans la chambre de ma sœur. Elle aussi ne renonçait pas. J'ai pensé me lever pour la rejoindre, mais j'ai eu peur qu'en dévoilant son secret, je l'oblige à stopper net son envie pour le hip-hop.

Le samedi suivant, quand j'ai annoncé que Forêt ne viendrait pas, la déception se lisait sur les visages... mais l'enthousiasme l'a remplacée quand j'ai expliqué mon plan à la cantonade. Thomas avait obtenu une autorisation de la direction du 104 pour le 15 mai. Nous avions trois semaines pour nous mettre en place. Une enceinte Bluetooth et une bonne interprétation sur YouTube, et nous travaillerions jusqu'au jour de la répétition générale.

Durant quatre heures, nous avons cherché, dansé, cherché à nouveau et enfin trouvé. Au bout des quatre heures, nous étions épuisés, mais sûrs de nous. Forêt est arrivée à ce moment-là. Personne ne l'avait vue venir, sauf Thomas qui balança un rap à plein tube dans les enceintes. Nous nous sommes figés quand nous l'avons aperçue. On avait eu chaud, Forêt avait failli nous surprendre.

— Bonjour Forêt, je suis super content de te voir. C'est dommage que tu ne puisses pas te joindre à nous.

— Trop de travail. Les cinq jours à Rennes, c'était bien, mais j'ai perdu du temps. Il faut que je mette les bouchées doubles.

Elle aussi fonctionnait à 100 à l'heure, comme mon cœur face à Cyril... mais, elle, ce n'était pas la vie qui la faisait appuyer sur le champignon, et c'était l'accident assuré.

9

À la maison, je n'ai rien dit. Je n'ai plus fait aucune réflexion sur le surmenage de Forêt, au contraire ; je l'ai interrogée régulièrement sur ses progrès. Elle ne me répondait jamais. Elle haussait les épaules et se concentrait sur le dîner, seul moment où elle sortait de sa chambre. La vie était calme. Les parents soupiraient d'aise et pensaient que tout était rentré dans l'ordre. J'avais l'impression d'être la seule à avoir conscience de la détresse de Forêt. Le concert et le prochain concours se préparaient bien. Forêt n'aurait pas de mal à avoir la première place. Tout le monde en était persuadé. Enfin, sauf Cyril et moi. Notre projet nous avait rapprochés. Nous discutions beaucoup. En fait, c'est plutôt lui qui parlait, mais ce qu'il disait m'intéressait. Il faisait beaucoup de rapprochements entre Forêt et lui.

« Moi aussi j'ai été un enfant prodige. À 12 ans je faisais mon premier concert et, pendant deux ans, j'ai enchaîné récital sur récital. J'étais une petite célébrité. C'est à 14 ans que j'ai eu un déclic. J'avais l'impression d'être un vieillard. Je te jure, Océane. Je me suis vu dans le miroir de l'entrée chez mes parents comme un petit vieux. Je ne sais pas d'où m'est venue cette vision, mais elle a été déterminante. C'était la veille d'un récital à Tours. Mon père m'y accompagnait. J'ai dit que je n'irais pas. Effet garanti. Mes parents et ma professeure – la même que Forêt –, tout le monde s'y est mis pour me convaincre. À 14 ans, j'avais beau être déterminé, je n'ai pas tenu. Alors j'ai joué. Ça, pour jouer, j'ai joué, mais mal. Très mal. Pas une mauvaise interprétation ou une absence d'interprétation, non, une suite de fautes de rythme, de fausses notes et de pédale bloquée pour assaisonner le tout d'un agglomérat de sons. Un vrai bonheur. J'entendais les réflexions des auditeurs, le silence à la fin du concert et le bruit des sièges qui se repliaient avant que la salle ne se vide. Un parfait sabotage, comme ta sœur lors de son premier concours. Je me suis fait crier dessus, mais ces adultes qui ne rêvaient que de ma gloire ont compris. Tu vois, c'est le problème avec nous les prodiges ou les hauts potentiels : une fois qu'on est repérés, les adultes fantasment sur nos facultés et nous font grandir et vieillir trop vite. Ta sœur est exactement dans ce cas. Tu as raison en pensant qu'il n'y a vraiment pas de quoi être jalouse. Pour en revenir à moi, ils m'ont laissé tranquille après ce concert. Tu sais, je n'ai pas abandonné le piano pour autant. J'ai continué à travailler d'arrache-pied, mais mieux. Et puis, tiens, c'est à ce moment-là que j'ai eu ma première petite amie. C'est important, non ? »

Cyril a éclaté de rire. Moi, j'ai rougi. Il me plaisait trop. Bon, c'était un vieux de 22 ans, mais je n'aimais pas les garçons de mon âge. Ils étaient trop puérils.

« C'est important de vivre, a-t-il continué, sinon tu t'essouffles. Ta sœur, si elle ne voit que son clavier à longueur de journée, elle va très vite devenir une petite vieille. C'est ce que m'a renvoyé le miroir. Je l'ai compris tout seul, mais Forêt, il va falloir l'aider. C'est bien, ce que tu fais pour elle. »

Il m'a souri. J'aurais voulu lui sauter au cou, mais j'ai poussé un grand soupir, osé un grand sourire et suis restée d'un grand calme.

« Si je suis encore pianiste et si je fais une carrière de soliste, c'est grâce aux heures de travail dont je me suis nourri, mais aussi parce que je sais ce qu'est l'amour, la mer, la vie, quoi… »

Et il a éclaté de rire en me prenant dans ses bras. Adieu le grand calme, je l'ai embrassé sur les joues, sur les yeux et sur les lèvres, et, franchement, je n'ai pas du tout eu l'impression d'embrasser un vieil homme.

Dès ce jour, on est devenus d'une complicité redoutable. Je me suis senti pousser des ailes. J'allais sauver ma sœur, lui offrir une vie de rêve, faire d'elle une grande pianiste épanouie et riche d'expériences de vie. Cyril avait déniché trois autres pianistes. Ils travaillaient ensemble le concerto pour quatre pianos. Thomas n'était pas resté sans rien faire. À notre groupe de stagiaires, il avait adjoint un autre groupe qui consacrait des samedis entiers à notre projet. En vérité, je voulais organiser un concert hors du temps. Un concert où les différentes chorégraphies de hip-hop s'organiseraient autour de morceaux classiques comme le concerto de Bach-Vivaldi et le *Carnaval* de Schumann.

Pour le concerto c'était gagné, mais pour le *Carnaval,* les danseurs étaient surpris par ce choix. Au départ, perplexes, ils avaient tenté de se lancer et de se laisser porter par la musique, sans grand résultat. Les têtes étaient baissées, les épaules rentrées et les corps alourdis par les notes classiques. Ils ne saisirent pas tout de suite la rythmique. Ils essayaient de battre le temps avec un pied, de prolonger ce battement sur la jambe entière, sur les deux jambes, sans succès.

C'est un danseur de popping qui trouva comment s'appuyer sur les notes du *Carnaval.* Il parcourut l'espace à petits pas, puis se balança très vite, à raison d'un balancement par temps, enfin il s'immobilisa et découpa ses mouvements dans le même tempo, comme une poupée folle. Une fille, plus breakdance, se calqua sur la cadence du premier danseur et y mêla des acrobaties. Les autres leur emboîtèrent le pas et se lancèrent dans une *battle.* Ils se succédaient dans un ensemble qui aboutit très vite à la fin de la première pièce. Le jeu était lancé. Bach et Vivaldi avaient inspiré tout le monde et Schumann suivit.

CHAPITRE 9

Quand la musique cessa, ils hurlèrent de joie, prêts à recommencer, échangeant des idées, proposant des mouvements en échafaudant un début de chorégraphie. Thomas s'était lancé en premier dans une suite de figures qui laissa tout le monde admiratif. C'était la première fois que je le voyais danser aussi bien, et mon admiration me fit oublier un instant celle que j'éprouvais pour Cyril. J'aurais bien aimé que Cyril danse comme Thomas et que Thomas joue du piano comme Cyril. Jamais contente. En tout cas, j'espérais que Forêt le serait, contente. Tout était en place pour.

10

Je voyais Cyril tous les jours. Je surveillais moins les bruits dans la chambre de ma sœur, mais ses cernes me révélaient ce que je n'entendais pas. Elle était épuisée.

« Non mais c'est normal, le concert est dans dix jours. »

Je m'étais trompée dans mes calculs, je le pensais dans quinze.

Ma mère avait obtenu du collège que Forêt manque trois jours pour ne se consacrer qu'au piano.

Je téléphonai aux danseurs. Cyril appela les pianistes et Thomas se chargea de la direction du 104. Nous devions absolument faire notre surprise avant le concert. Donc, ce serait le samedi suivant. Les musiciens et les danseurs ont paniqué. La direction du 104 a parlé de pression et de délai d'organisation. Finalement, tout le monde a mis les bouchées doubles.

J'ai assisté à la dernière répétition. Nous étions extraordinaires. Moi, je dansais quelques pas sur le *Carnaval* de Schumann. Je ne me sentais pas encore assez entraînée pour en faire plus. Je devais aussi veiller à ce que tout fonctionne. On avait quelques flyers, les réseaux sociaux et le bouche-à-oreille. Seule ma sœur n'était pas au courant. Ce qui n'était pas compliqué, puisqu'elle passait son temps dans sa chambre. Je l'avais encore entendue sangloter la nuit. Ce qui me persuadait davantage de la légitimité de mon idée. Mon gros souci était les parents et la professeure de piano. Comment les inviter sans qu'ils ne se braquent ou qu'ils persuadent Forêt de ne pas venir ?

La veille au soir, je coinçai ma mère dans le salon, et je me lançai dans une grande explication.

— Voilà, Forêt est une magnifique pianiste, elle est très douée, voire surdouée, ça j'ai bien compris, mais Forêt pleure toute seule dans sa chambre tous les jours. Elle met sa vie entre parenthèses, n'a pas d'amies et, depuis notre retour de Rennes, tout a recommencé comme avant. Sa prof a bloqué ses samedis, du coup elle l'empêche de venir faire du hip-hop. Je comprends qu'elle ait envie de la pousser toujours plus loin. Mais la vie, maman, la vie ! Tu comprends ?

Ma mère a soupiré, mais j'ai enfoncé le clou.

— Nous sommes des musiciens et des danseurs passionnés par ce que nous faisons, et à fond pour que Forêt ait sa *battle* pour lui démontrer que le hip-hop et la musique classique peuvent se marier, mais aussi que l'amusement ne nuira pas à son côté “petit génie du clavier”. Tu comprends, maman ?

Ma mère comprenait.

— Mais c'est un peu près du concert, non ? Ça risque de la déconcentrer.

Elle était obnubilée par ce concert et la réussite de Forêt. Elle était piégée dans une cage dont elle ne pouvait pas se libérer. Mais celle qui devait accepter en priorité, c'était Forêt, et ce n'était pas gagné.

Notre présentation a finalement été programmée le vendredi soir. Le concert de Forêt aurait lieu le mercredi suivant. Cyril se chargea de la professeure de piano. Il l'invita à « une démonstration initiatique jouée dans un lieu où des gens peuvent passer à tout moment et faire connaître le piano et le répertoire classique ». Elle se laissa convaincre. Après tout, Cyril et Forêt n'étaient pas issus de familles de musiciens. C'était grâce à des événements de ce genre que des prodiges pouvaient se révéler.

Les pianos furent installés au bout du 104, pas loin de la cour qui donnait rue Curial. Les pianistes jouèrent quelques morceaux faciles pour attirer du public. Les danseurs s'échauffaient dans un recoin, à l'abri des curieux. Des spectateurs finirent par s'asseoir sur les chaises que nous avions installées. Nous guettions l'arrivée de Forêt. Je lui avais dit que je faisais ce soir-là une *battle* importante pour moi, et que je tenais absolument à ce qu'elle y assiste. Elle avait d'abord refusé : impossible à cinq jours du concert. Je m'étais transformée en fontaine à larmes et l'avais suppliée de dire oui. Elle avait finalement cédé, quand je lui avais rappelé que j'étais présente à chaque fois qu'elle jouait en public.

Elle arriva vers 19 heures, accompagnée des parents dont les regards trahissaient la méfiance. La prof de piano était déjà arrivée. Elle avait pris Cyril à part pour lui dire que ces instruments numériques n'étaient pas le meilleur choix pour un répertoire de musique classique.

Les pianistes achevèrent de jouer les morceaux du *hors d'œuvre*. Cyril jeta un coup d'œil dans le recoin où attendaient les danseurs, et entama les premières mesures du *Carnaval* de Schumann. Les danseurs entrèrent en scène, et Forêt fit un bond sur son siège. Je n'osais pas guetter les réactions des parents et de la prof. Les figures s'enchaînèrent, les différents styles de hip-hop aussi. Le public applaudit. Des spectateurs se levèrent pour mieux voir. Bach et Vivaldi prirent la relève de Schumann, toujours joué par Cyril et les autres pianistes qui s'engouffrèrent dans le premier mouvement endiablé du concerto. Et c'est à cet instant que le truc que je n'attendais pas a eu lieu. Le truc magique. Le truc infernal et magnifique.

Forêt se leva. D'abord figée, elle commença par faire des figures avec ses doigts, comme si elle jouait sur un clavier vertical. Puis elle bougea ses poignets, puis ses épaules, puis ses bras. Les personnes à ses côtés se penchèrent pour se protéger de ses mouvements. Ce fut notre mère qui la saisit par la taille et la porta en scène. Forêt reproduisit ce que Thomas lui avait enseigné pendant le stage, et ce dernier la rejoignit pour se mettre en miroir face à elle. Ils se lancèrent dans une improvisation. Leurs corps se répondirent et répondirent à la musique jusqu'à la fin du premier mouvement du concerto. Quand Cyril attaqua le deuxième mouvement, il n'y avait plus que Thomas et Forêt sur scène. Ils poursuivirent leur communion comme s'ils avaient répété des heures entières. Un moment de grâce où Bach et Vivaldi prêtaient leurs notes à de la danse contemporaine. Même la prof semblait subjuguée et conquise.

Quand le concerto s'acheva, Forêt regarda autour d'elle, comme si elle débarquait d'une autre planète. Thomas souriait, heureux de l'avoir accompagnée dans ce voyage.

« C'est là que je dois être » murmura-t-elle avant de disparaître.

Je pleurais de joie. Ma mère avait du mal à contenir son émotion. Notre père grimaçait, je voyais qu'il était en pleine réflexion. Je rejoignis Cyril qui rangeait les pianos.

« C'est là que commence sa vie de pianiste, tu vas voir » me dit-il.

Que voulait-il dire au juste ? Moi, j'avais en tête la phrase de Forêt : « C'est là que je dois être. »

Les jours suivants, avant le concert, on aurait pu croire que rien n'avait changé. Forêt s'enferma dans sa chambre et travailla comme une forcenée. La seule différence était la petite lueur dans ses yeux et un sourire permanent sur ses lèvres. Moi, j'étais contrariée. J'aurais voulu que Forêt exprime sa joie, des désirs du genre : *je voudrais partir en vacances, jouer du jazz, manger dix gâteaux à la suite…* Des désirs possibles et impossibles qui donneraient l'impression d'une vie en elle.

Elle le fit le jour du concert, là où je m'y attendais le moins.

Elle joua magnifiquement bien. Une interprétation magistrale qui surprit tout le monde… sauf Cyril.

« Et voilà » dit-il avant d'applaudir à tout rompre et de m'embrasser.

Après avoir joué, Forêt s'est levée. Elle s'est tournée vers le public, et a salué. Elle n'est pas partie vers les coulisses après son salut, mais est restée et a attendu que les applaudissements cessent avant de prendre la parole.

« Aujourd'hui, mes doigts sur le clavier étaient des petits danseurs de hip-hop. Ils ont réalisé une véritable chorégraphie, celle écrite sur la partition, mais qui n'est pas visible pour tout le monde. Moi, je l'ai vue parce que je sais, un peu, ce qu'est la danse. Et c'est grâce au hip-hop. Alors, mes doigts, ils ont dansé sur le clavier, ensemble et un par un. Ils ont imaginé une histoire qu'ils ont racontée aux touches en dansant les notes. C'était leur histoire à eux. Je ne sais pas si c'est celle que Schumann a imaginée en écrivant l'œuvre. C'est celle en tout cas qui m'a permis cette interprétation. Sans elle, j'aurais joué comme un robot. Une mécanique bien propre parce que j'ai une bonne professeure. Mais une mécanique quand même. La danse m'a permis de comprendre ce qu'était le piano, et le piano ce qu'était la danse. Bach m'a fait découvrir le hip-hop. Le hip-hop m'a donné un nouvel accès à Bach. Depuis quelques jours, grâce à ma sœur, j'ai compris que ce n'est pas mon côté *prodige* qui fait de moi une pianiste, mais c'est la vie, c'est Thomas, ce sont les danseurs du 104. Bientôt, ce seront mes amis, mes aventures et mes voyages. Je passerai tous les concours que vous voudrez, j'aurai des premiers prix... ou pas, et ce n'est pas grave. À partir de là, maintenant, je vais continuer à jouer du piano, et vivre… Surtout vivre ! »

Forêt est partie dans les coulisses. Thomas l'y attendait.

RESTER VIVANT

La collection **RESTER VIVANT** est constituée de nouvelles et de romans qui parlent du monde d'aujourd'hui, en abordant sans détour les questions écologiques, sociales et éthiques qui émergent au sein de la société dans laquelle nous évoluons. Elle s'adresse en priorité aux pré-ados, aux ados... et plus généralement à tous les lecteurs qui résistent encore à l'asservissement des esprits, quel que soit leur âge. Ces livres ont pour ambition, en plus d'attiser l'imaginaire du lecteur, d'éveiller son sens critique et de poser un regard incisif sur nos comportements individuels et collectifs.

RESTER VIVANT

https://www.instagram.com/le_muscadier/

176 pages • 14 × 19 cm
13,50 € TTC
Parution : mai 2019
ISBN : **978-2-38302-013-4**

Guyane 1916. Bagne de Saint-Laurent-du-Maroni.

Juliette, 16 ans, est la fille du commandant du pénitencier. Elle est fiancée à un officier deux fois plus âgé qu'elle pour lequel elle n'éprouve aucun sentiment amoureux. Roméo, 22 ans, est un bagnard condamné aux travaux forcés. Franc et charmeur, il est souvent victime de son incorrigible impétuosité. Tout les sépare mais, un soir, leurs destins se croisent.

Un amour impossible ? Et pourtant...

Dans ce roman plein de surprises et de rebondissements, Yves-Marie Clément revisite le Roméo et Juliette *de Shakespeare, et plonge ses lecteurs et ses lectrices dans une version tropicale de cette ode à l'amour qui invite à transcender les différences.*

90 pages • 14 × 19 cm
10,50 € TTC
Parution : janvier 2022
ISBN : **979-10-96935-95-6**

Le père de Théo est malade. Il a des hallucinations... mais est-ce vraiment des hallucinations ?

Pour prouver que son père n'est pas fou, Théo part à la recherche d'un jaguar en compagnie de Julie, dont la mère est également malade – mais qui est aussi méchante que le père de Théo est tendre.

Trouveront-ils l'animal ? Peut-être derrière la petite porte. *Peut-être même trouveront-ils plus qu'un jaguar...*

128 pages • 14 × 21 cm
13,50 € TTC
Parution : février 2025
ISBN : **978-2-38302-065-3**

Un été sur une île isolée. L'amitié, l'amour en fleurs. Ce qui se vit au grand jour, ce qui ne se raconte pas.

Salomé ne ressent rien pour Nabil, son ami d'enfance. Ni l'envol de papillons, ni les palpitations. Avec Achille, c'est différent. Elle imagine sa toute première fois avec lui. Clémence, elle, rêve de l'amour, le vrai. Mais, attirée par la couleur de l'argent comme un poisson pris dans les mailles d'un filet, elle a mis le pied dans un engrenage infernal. Découvrant le secret de Clémence, Salomé va tenter de lui transmettre le trésor de l'amour propre… Y parviendra-t-elle ?

C'est l'histoire de deux adolescentes qui abordent le sexe différemment, l'une par les sentiments, la seconde par la prostitution.

160 pages • 14 × 19 cm
13,50 € TTC
Parution : octobre 2023
ISBN : **978-2-38302-026-4**

Baptiste, Léa, Marouane et Loïc, quatre amis que la vie n'a pas gâtés, décident de fonder une association consacrée à la lutte contre les clichés. De situations cocasses en moments délicats, leur action va leur attirer autant de sympathie que d'hostilité…

RESTER VIVANT

https://www.instagram.com/le_muscadier/

194 pages • 14 × 19 cm
13,50 € TTC
Parution : mars 2022
ISBN : **978-2-38302-001-1**

Lilibellule, cyberprogressiste convaincue, reçoit pour son anniversaire une poupée savante, créée à son image, pour l'aider à améliorer ses résultats scolaires. Cléon, un camarade de classe, a, lui, épousé la cause humanilove, ce qui en fait l'un des rares jeunes de son époque à rejeter l'usage des androïdes dans la vie courante – et il ne se prive pas de le faire savoir par un activisme quotidien dans son collège.

Rien de bien méchant, jusqu'à ce qu'un grave événement propulse ces adolescents ordinaires dans une aventure où la vraie vie et la cybermort, la vraie mort et la cybervie s'entremêlent jusqu'à un dénouement renversant. Science-fiction ? Pas si sûr. Ce monde-là pourrait devenir notre quotidien beaucoup plus tôt qu'on ne le pense…

88 pages • 14 × 19 cm
11,50 € TTC
Parution : janvier 2024
ISBN : **978-2-38302-021-9**

Pourquoi Sasha est-elle retenue dans cette clinique ? Que s'est-il passé ? Qu'a-t-elle fait pour devoir subir une évaluation psychiatrique ?

L'adolescente raconte ces quelques mois qui ont fait basculer son quotidien. Depuis que Luce, sa meilleure amie, celle avec qui elle partage tout – les bouquins, les films, l'amour de la forêt, etc. – a plongé dans une relation violente qu'elle tentait de cacher. Que devait-elle faire ? Devait-elle agir… au risque d'y perdre sa liberté ?

Tout a commencé le jour où Tobias est entré dans leur vie par la porte du cours d'anglais…

86 pages • 14 × 19 cm
11,50 € TTC
Parution : avril 2023
ISBN : **978-2-38302-015-8**

Zack, 15 ans, convainc Inès, sa demi-sœur de 19 ans, qui sort de son côté, de le déposer à une autre soirée, sans en avertir les parents.

Quand elle le récupère au milieu de la nuit, elle le trouve débraillé sur un lit en compagnie d'une jeune fille torse nu.

Le lendemain, Inès découvre que cette dernière a été violée durant la soirée.

Tout porte à croire que Zack est l'agresseur. Comment réagir ?

Inès ne peut pas ne pas le dire.

Au moins forcer Zack à se dénoncer…

192 pages • 14 × 19 cm
14,50 € TTC
Parution : septembre 2023
ISBN : **978-2-38302-035-6**

Romain a passé son bac et il apprend le métier de luthier aux côtés de Jacob, un homme qui lui a présenté Irina, sa copine depuis le collège. Irina joue du violon, elle vit dans une famille de musiciens et rien ne peut l'atteindre car la musique la protège. Romain, lui, rêverait d'avoir une vie parfaite comme celle d'Irina… mais ce n'est pas le cas. Lui, ce qu'il a toujours connu, c'est une mère qui, à la moindre occasion, reproche tout et n'importe quoi à son père, et un père qui ne dit rien, dort par terre, subit.

Pour aller plus loin,
flashez le QR code ci-dessous

ou rendez-vous à l'adresse
https://www.muscadier.fr/
catalogue/melodie-hpi/

Ce livre est imprimé sur un papier composé de fibres naturelles,
renouvelables et recyclables, fabriqué à partir de bois issu
de forêts qui adoptent un mode de gestion responsable et durable
– respectueux de la biodiversité, des équilibres écologiques
et de la stabilité économique des populations locales.

Achevé d'imprimer par
Laballery à Clamecy (58)

N° d'impression : 503004

Loi n° 49-956 du 16 juillet 1949 sur les publications destinées
à la jeunesse, modifiée par la loi n° 2011-525 du 17 mai 2011

Dépôt légal : mars 2025

Imprimé en France